Marchand d'intensité

Du même auteur

Essai

La quête du séducteur ou le messianisme diabolique, Primo Mobile, 2012

Poésie

Volute velours, Plaines, 2001

L'Ondoiement du désir, Plaines, 2003

Le Vertigo du tremble, Plaines, 2005

La Métisse filante, L'Harmattan, 2008

Orpailleur de bisous, L'Interligne, 2010

Laurent Poliquin

Marchand d'intensité

Poésie

L'Harmattan

5-7, rue de l'École-Polytechnique ; 75005 Paris

http://www.librairieharmattan.com
diffusion.harmattan@wanadoo.fr
harmattan1@wanadoo.fr

ISBN : 978-2-296-96370-2
EAN : 9782296963702

Ose ! Recherche le désert, la solitude !
Tu y seras bête fauve, ou dieu.
Rien n'est certain d'avance : renonce d'abord à la conscience commune et après,
on verra.

Léon Chestov, *Les révélations de la mort*

La poésie est la première parole.

Herménégilde Chiasson, *Toutes les photos finissent par se ressembler*

un silence bien affilé
s'enfonce dans ma parole
s'il se retire
un poème ensanglanté
viendra choir
sur la blanche chair de cette page
d'où la gravité de ma paix
dans la voix

écrire dans l'allongement limpide
d'un mot simple

mon identité se multiplie

d'accord

mais je la cède à la solitude

et à quelques amas de silence

en lâchant prise au vertige du monde

riche de quelques mots fuyants

et de l'absence

de téléphone portable

plus j'arpente le sentier escarpé de l'amour

plus l'exercice fortifie mon désir

le souvenir provoque une carence

mais seul l'éparpillement de la multitude

peut rendre à l'oubli de soi

alourdir à nouveau

le poids de l'amour

sur la respiration du cœur

la culture de l'insouciance de l'enfant
aménage le seul jardin possible

de cette vie potagère
en disperser les graines et autres sommeils
pour que la puérilité du sérieux
croisse en humilité

hier

une joie

a commis une infraction

elle est entrée dans une ombre

a serré des mains pour elle

parlé pour elle

alors que le réel douloureux

n'en savait rien

parmi le bruit des tiroirs-caisses

et le bruit de la source

de celui qui cherche

la béatitude se déforme

selon ce qui s'entend

ou non

je suis passible d'un poème

de plusieurs années

précis

concret

incarné

sous les verrous de l'éphémère

dont les détails ont été inventoriés

par un notaire

de l'invisible

j'ai déposé les yeux sur l'établi

j'ai lu aveuglément les instructions

j'ai installé un appel d'air

nécessaire à une meilleure combustion du regard

rassurez-vous

si ces mots s'écrivent ici

avec la densité d'un feuillage

et l'odeur de l'inoubliable

considérez l'innocence du chemin emprunté

car sur la route ombragée

je n'aperçois en rien

la ligne d'horizon

je quête encore

la dignité de la vie boisée

qui m'aspire

tous les jours

de l'autre côté de la vie

quand le feu vert luit

la mort nous traverse

mais la présence de notre convenance

l'agitation intérieure de nos habitudes

couvre tout

réchauffe ce dernier sommeil

déjà commencé

l'oiseau s'est repu

des miettes éparpillées du poème

son chant s'éclate chanson

rappelant ces souvenirs qui nous font

offrant à notre négligence

la tonalité d'un visage aimé

un murmure affirmé

capable de libérer une parole vivante

seul lieu habitable

tranquillement s'éloigner de soi

partir à sa chasse

dans une forêt où s'éparpille le mouvement du monde

rattraper sa lenteur

se mettre en joie

comme on se met en joue

tirer sa peur

silencieusement se rapprocher

du rire

d'aimer

l'amour ne se poétise pas

ni ne se dit

autant qu'il sonne

frissonne

vibre

c'est dans l'air qu'il s'envole

parole

éloignée des lèvres

de leur évidence

et de la souillure brutale

du vite dit

il arrive qu'un enfant

prenne la poupée père noël dans ses mains

l'embarque dans un traîneau qu'il invente

sans savoir

au-delà de l'apparence du jouet innocent

qu'il se donne des cadeaux invisibles

d'abord son enfance

et son retour cyclique

qui fait de l'hier et du maintenant

le même demain

le contraire de la lassitude

n'est pas vitalité

mais volupté

sur laquelle

perle la rosée

d'une mamelle

et le sourire serein

d'un amoureux

écrire

pour réinventer

même la couleur du ciel

dans un coffret de papier

le plus puissant levier

pour renverser le monde

est aussi le plus fragile

en cela la fleur

est la petite sœur égarée d'une étoile

sa lumière irradie le surcroît de vie

dans le manque

en préservant l'éphémère

flore du vivant

le poème achemine

par le roulement du vers

l'expérience humaine

il extirpe le solitaire

sur la place du mot

la gloire

les hommages

la puissance

agglutinés au masque de l'argent

luttent

dans ce qu'il reste

de leur battement de cœur

contre la contemplation armée

d'une tribu qui résiste

du côté de la délicatesse

d'herbes folles

la haine est d'abord souffrance

de l'éloignement de la vie

elle commande

une compassion paradoxale

que des gardiens de feu et autres poètes

assument

moins pour expier le mal

que pour recueillir les cris de la douleur

et témoigner

prendre la solitude par la main

son obscurité son silence

ses livres assoupis qui l'entourent

tout ce peuple

s'obstiner à sa propre présence au monde

à sa suffisance

là exactement

où on est

il suffit de traverser la pesanteur du temps

de soi

dans le temps

élaguer sa propre lourdeur

étendre ses liens au jour

tâter les mots disponibles

de l'invisible

le poème

sans s'annoncer

vient me voir

dans sa venue des origines

il exige ma présence

comme un gueux émoustillé

qui quémande des mots neufs

une boisson de songes

et quitte

sitôt rassasié

l'éloignement que réclame le poème

la perte irradiante du monde qu'il provoque

s'explique par la lecture de ces bonnes nouvelles

que le lecteur se donne de lui-même

à la marée montante

la mort

dissout les châteaux de sable

de la vie unique

qui les a élevés

étrangement belle

la musique de la mer

rend hommage

à ces aménagements fragiles

au passage de la réjouissance

à l'abandon

devant le voile immaculé de nos propres actes

l'infamie qui se cache

fait courber les yeux

l'oubli momentané

bien enfoui au creux des habitudes

forge son retour gênant

en imprimant une oscillation dans la voix

qui se décèle aussi

dans le mouvement mal assuré

du poème

le poème ne vient qu'après la maîtrise du silence

l'inventaire des brises qui soulèvent les mots

l'effacement de soi devant l'amour

les erreurs nécessaires de l'impatience

la souveraineté des arbres

malgré l'occupation de l'encre

sur la page

j'ai déposé à tes pieds la ruine de mes os

toute ma chair rocheuse

l'architecture effondrée de mon désir

mon sang en fuite

j'avais dix-neuf ans

entends-tu ce qui reste

des vestiges du premier amour

cette chanson

dans la voix de mon sang

sur tout le long des paupières allongées

des songes

jetés

ça et là

au réveil

des enfants

que mes larmes ont conçus

achèvent de parfaire

par étourdissement de sourires

l'interprétation du poème

quand dans la rue

la pluie perle sur les visages

l'intempérie des premiers pleurs

ceux-là mêmes qui ont égayé nos mères

réapparaît sur chacun

comme le témoin d'un rappel rafraîchissant

du naturel de la mort enjouée

qui guide l'égarement de la vie

tout ce qui parle en moi

l'écrire

mener l'entretien de soi

dans un silence

qui frôle la pureté

d'une page blanche

ou d'un poème nu

qui attend l'étreinte délectable

d'une parole

se rencontrer

à partir d'un moment de rien

le nez à la vitre

regardant la pluie tomber

les morts

parce qu'ils ne travaillent plus

sont-ils pauvres

le génie de la fortune

s'écoule-t-il de l'entrave surmontée

face au tumulte de la respiration

épier le rythme

attendre la source du battement

chuchoter quelque chose

comme une plénitude

ce qui est nécessaire au mot

pour être un mot

alors seulement là

écrire

chaque fois que je perds un poème au fond de moi
je me dépouille d'une peur
celle d'un monde très sérieux
obnubilé par son reflet

ne cherchant plus à comprendre
je capte ce qui émane de l'éphémère

alors peut-être le poème
n'est plus seulement littérature
mais cette force chaude
que je refuse de galvauder
et qui allume des bougies

le geste quotidien

l'objet familier

entrouvre un espace de lumière

que le cliché transfigure

le poème qui épie tout cela

qui évolue à la frontière du réel

s'en dérobe parfois

et préfère rappeler

la belle insouciance de l'arbre

au feuillage frémissant

qui ne se soucie de rien

le contre-pied de l'effort de lucidité
de Derrida et consorts
se déniche dans une dévaluation de l'écriture
qui fait côtoyer la joie avec l'amour

que choisir entre l'écrit et le trop écrire
entre la blancheur de pacotille
et l'arithmétique verbeuse
quand le poème simple
est un manifeste
érigé contre des ersatz de style
qui n'a pas peur de descendre
malgré sa limpidité classique
dans l'arène du siècle

le poème n’est ni beau ni vrai en lui-même

il n’est beau

que par la grandeur de ce qu’il nomme

il n’est vrai

que par la vérité captée de ce qui est dit

souvent

le beau le vrai rayonnent

de la modestie

du dénué

du silence

rarement de la surenchère des mots

la nuit qu'il fait dans ce livre

quand tu ne le lis pas lecteur

s'empare de ton visage

le dissout

pour s'en faire une réclame

un appel d'être

capable d'atteindre cet espace

hors du langage

où le poème endormi parle

et la parole devient

ce qu'elle dit

quand ton amour eut fini de traverser ma vie

comme un feu de forêt

mes cendres ont fourbi leurs papiers

et demandé asile

à des petits poèmes compatissants

qui ont pleuré à ma place

le malheur amer

de croire

que je savais

écrire dans l'espoir de retourner l'envers du monde

à l'angle de l'espérance

dans l'attente d'un poème honnête

capable de chanter comme un oiseau

sans que l'on questionne

la raison de son chant

récemment j'ai compris

que les choses

ne sont surtout pas que des choses

leur résonnance est plus perturbatrice

que leur matérialité

leur générosité plus fine

que le meilleur des vins

au-delà de leur enivrement

elles poussent la gaieté dans un escarpement

qui donne à respirer

de là s'opère la compréhension fraternelle

des choses et du monde

pourquoi préférer le poème

du tremblement de l'aile de l'instant qui passe

au poème de l'identité contemporaine

est-ce parce que l'éphémère est plus fragile

qu'il risque sa perte à tout moment

lui insufflant aussitôt une vitalité

capable de dicter le poème

j'appelle fantôme

ces gens

reclus dans leurs soucis

qui précisent leur fin

par le chancellement de leur marche

j'appelle fleur

ces filles

qui poussent dans les champs

et qui se laissent écrire

par des regards intenses

mon fils

qui apprend à lire

a eu la finesse de ramasser des coquilles

dans un livre de trente-deux mots

depuis

sur le lit sablonneux de sa voix

il parsème son ennui

d'un *je-ne-sais-pas-quoi-faire*

qui ressemble étrangement

à une perle égarée

qui attend

pour briller

une belle idée

quand tu parles

quand tu te tais

quand tu te laisses être

et que je t'attends

je te reçois

avec un tressaillement

de peu de mots

que tu interprètes

à ta façon

autrement

qu'une intensité

que je marchande

pour un poème

calculée dans le milieu de tes rires

la vitesse de la lumière

a récemment été dépassée par ta joie

celle-ci s'est rendue jusqu'au soleil

en moins de temps qu'il ne faut pour vivre

en exil

dans ton bonheur

contrairement à Rimbaud

le poète ne voit pas tout

parce qu'il n'oublie pas tout

en accordant des angles morts à sa vie

il risque davantage

l'accrochage fortuit

d'une image

dont le messager troublé

viendra faire éclater l'évidence

que le poète pourra récupérer

si sa vision le souhaite

en déterrant les apparences
qui attendent leur révélation
des fragments d'humanité surgissent

ils évoquent la nécessaire certitude du vivant
qui sait
que la main qui l'écrit
est tenue par des ancêtres
qui affluent dans ses mots
et qui fomentent
par l'intermédiaire du livre
des états de désordre

comme l'écolier qui rentre à la maison

je rentre dans mon poème

pour dire ce qui s'est passé aujourd'hui

en repartant vers la vie

je verse une jeune fille dans l'herbe

c'est ma façon d'égayer le jardin

comme d'autres plantent des fleurs

ensuite je remonte dans ma vie

poursuis l'ascension d'un souvenir

qui grandit en moi

cette enfant qui porte sur ses pétales

le sens frais

que je donne à ma journée

je réponds toujours au téléphone

quand j'écris

la solitude est accompagnée par ces choses vivantes

dont parle Élise Turcotte

ces craquements continus d'une maison

qui rappelle sa présence

cet effleurement de pages

dont la tonalité prétend qu'elles sont lues de tous

mais je réponds surtout

au cas où le poème lui-même

appelait à la rescousse

il n'y a pas de mauvais poèmes
et si vous pensez en avoir lu
détachez-vous de suite des mots
partez voir l'accueil que réserve le poète
à sa respiration
car la description aveugle du monde qui étouffe
ne fait pas le poème
elle imite le bavardage de la toupie et de la boule

relisez Baudelaire

seul le passage de la lumière dans la voix respiratoire
peut brûler l'inertie de la matière
et de l'opaque
pour trouver du nouveau

il n'y a pas de poème là où vous lisez

il n'y a qu'un feu en attente d'être allumé

une noirceur

quelques étincelles

qui cherchent leur substance

un peu de sang

pour brûler sous les tempes

devant moi

l'amour vient avec sa propre histoire

ses rencontres

ses défis

ce qui m'est conté

aux accès impossibles à emprunter

une énigme

qui réclame être pour moi

ce qu'elle est

non ce que je crois

non ce que je crains

ou ce que j'aurais espéré

qu'elle soit

des pleurs m'ont raconté le prélude

de ma naissance

de cris et de douleur

c'est bien connu

ils m'ont dit une vérité

je suis né d'une larme

éclatée par la lumière

en transmettant l'invitation du poème

c'est l'intention secrète d'un flocon de neige

que j'annonce

parce que

lui

résiste au pire

aussitôt fondu

de toute éternité

il revient

au nom de ce qui disparaît

je veille à la minuscule beauté de l'inaltérable

alors

quand le monde se perd

la gloire préservée de l'éphémère

attend l'avènement du monde

le blanc répandu sur cette page

est un don

comparable à la voix de l'enfant

devenu grand

refusant de partir

et qui donne à sa mère

un silence

ce poème que tu lis

ce que tu crois parlant

t'écoute

sans rien dire

il t'a à l'oreille

et retranscrit ensuite

la musique de ta peur

de n'y rien comprendre

devant les yeux

un fil tendu

entre deux portes

de l'autre à soi

de l'autre en nous

il n'y a que ce fil

et de la bonté

pour guider la marche

le sentiment qui imagine

complique tout

et sa vrille

risque la chute

le petit véhicule lent de l'amour

qui passe

comme celui d'un poème

ouvre les jours

plus le poème s'éloigne du réel

plus il monte au-dessus de l'impossible

plus il révèle secrètement

les couleurs qui ruissellent

de la légèreté

quelle est la manière de résister au monde
devant la beauté imparfaite du jour
que font les mots sur la table
comme des fruits qui patientent dans un panier

la fureur qui cherche sa voie
se glisse dans la rumeur
cliquette sa monnaie

la blancheur patiente du papier
pâlit le sérieux
les considérations
la place de l'autre
devant l'autre
elle rétablit les regards et la parole
concrétise l'égalité des hommes

chaque jour qui donne sa joie

au jour suivant

chaque livre qui me lit

chaque fléchissement de ma vie

ces désordres de peur et d'aisance

desquels je panse

les plaies

je les range

en colonne

que d'aucuns appellent

poèmes

parfois

au bord de vivre

je m'engage dans le ruissellement d'un vers

comme une feuille tombée dans l'eau

je pars comme l'amour

de ma source à la mer

j'avance en inquiétude

si le poème advient

il me fait revenir à coup sûr

amoureux à dix-sept ans

aujourd'hui je rétablis mes pulsions

j'arrondis mes sentiments

dans ce silence

qui révèle ce qui est là

maintenant autour de moi

celui qui atteint la grâce de ton visage
ne reviendra jamais de ce périple

en faisant entrer l'éternel dans les yeux
l'ermitage
le jardin zen du poème
contraint l'écriture
pour ne pas te négliger
car on néglige souvent les regards
on en collectionne des clichés
incapables que nous sommes
de transmuter la joie d'une émotion
en un mot noble et doux
comme
amour

je me souviens de l'étonnement d'un oiseau

l'éclat de son chant ricochant sur le ciel

et j'ai compris que l'allégresse qu'il s'invente

à chanter de la sorte

est une façon de résister à l'ombre de l'arbre qui le cache

et qui se dresse en lui aussi

depuis le petit jour éprouvant

dans sa coquille

cassée

par son premier cri

que fait la pensée qui organise

devant la crainte originelle

d'être seule

devant le monde

à éluder l'essentiel

elle adapte

elle rend efficace

elle achève la mue froide de l'homme

dépouille ses lésions malaisées

estompe les mouvements incommodes

de sa liberté

et le perd à jamais aux égards de la vérité

l'art

rebelle aux exigences

rompt avec l'innocence

écartèle les lourdeurs silencieuses

qui meuvent les habitudes

ouvre sur quelques approches

chères à Novalis

du réel absolu

un jeu

disons tu mourras à la fin de ta lecture

dans dix minutes

tout est fini

continues-tu de lire

ou pars-tu t'inquiéter de ta santé

avec quel amour accueilles-tu les prochaines minutes

avec quelle ampleur respires-tu le poème

le prochain mot qui te viendras

le qualifies-tu de généreux

si tu es nu(e)

préfères-tu un poème chaud

ou un tricot de laine

attention le temps presse le pas

ton dernier mot

sera-t-il aussi désaltérant

qu'un baiser

le poème s'écrit aussi dans la neige

dans le crissement minuscule

à bas bruit

des petites pattes de puce

celles-là mêmes qui vivent emmitouflées

sur le dos des écureuils

chaque fois qu'un tourbillon de légendes

raconte l'aube du monde

quand la mère se penche sur l'enfant fiévreux

sa parole disperse des personnages et des événements

aussi simples que ce frère Jacques

qui ne demande qu'à dormir

elle déroule

avant le mot

avant le poème

un chemin

entre deux solitudes

de l'autre côté du monde

à la hauteur d'une page blanche

s'appuyer sur un mot

jusqu'à ce qu'il fendille

et délivre une suavité

capable d'émoustiller

le prochain vers

quelle heure est-il

si le temps s'écoule

depuis les débuts de l'univers

il est l'heure d'un poème

qui donnerait le temps actuel

de l'éternité

en tapotant le poème

comme un bébé

qui touche à tout

j'étire la dentelle du réel

accrochée au jour

sur l'ombre d'une inquiétude

j'égraine ainsi les mots

en des babils

qui apaisent

l’on demande au poète

ce qu’est la poésie

quand c’est justement sa quête

alors il recueille le sang de l’aube

l’humecte au sien

en espérant

que le tressaillement de cette mixtion

agite le mot

secoue le poème

autant que celui

qui le lit

quand C. ne joue pas de violon

elle en joue

dans l'avancement

ou l'étale

de son corps

car on assiste toujours

au lever du jour

d'un sourire parfait

il n'y a rien de plus musical

c'est pour cela

que La Joconde

joue du sourire

comme de la viole

chaque jour

j'entoure

l'année que tu as

avec des yeux dans les mains

j'avalise le projet du souvenir

de se refaire en nous

avec le chant des oiseaux

je mets une année de côté

je ne revends rien

mais pour la bonne fortune

je jette sur le papier

comme des sous dans la source

les sons récupérés

en traversant le nom des choses

pour entrer dans le jaillissement immobile du monde

mes yeux s'abîment dans ce qui est là

et qui ne veut pas se faire oublier

à fermer les paupières

je sais l'étouffement

de la ronde des objets autour de moi

alors je me lève

il est trois heures du matin

un instant sans visage

vient poser son repos

sur le sens de tout cela

que vaut le sourire que je lui tends

mais qui se lève dans ma bouche
quel mot me fait jaillir aux autres

dois-je me taire
pour qu'entre le mot et son silence
j'amasse l'espace de l'entre-deux

et cette veille
comme celle qui me fait regarder la lune
quelle force exerce-t-elle sur mon visage en exil

est-ce que ma parole
mon pays véritable
ressemble bien à ce que je veux dire

je perds compte de la couleur de ma vie

et ce poème qui la transforme

risque d'ouvrir la plaie brûlante du mensonge

quand pourtant partout le monde

sous ma peau

remue

là où ceux qui t'écoutent

te mettent en musique

je lis l'éclat ineffaçable

d'une petite phrase

qui n'ose pas s'aventurer hors de tes yeux

je veux l'écrire

en espérant dévoiler une chaleur

les raisons qu'a le soleil de prendre ses aises

dans ton regard

je suis affreusement coupable

d'un beau poème

que je n'ai pas écrit

il passe en moi

comme un éboulement de songes

si vite et si délectable

que ne voulant le perdre

je vous tais le sourire qu'il me confie

vous n'aurez droit qu'à l'aperçu

glissé dans votre propre pulsion amoureuse

à moins de marchander

là maintenant

votre intensité

à la mienne

je vérifie tous les jours

sur le front du poème

sa fièvre du moment

est-il chaud est-il froid

de quoi se plaint-il

puis-je le mettre à l'aise

dans un livre

ou préfère-t-il l'accouplement froissé

d'une poubelle

j'ai maille à partir avec l'existence de Dieu

mais pas

avec l'existence du poème

serait-ce là une preuve

qu'il n'y a pas de Dieu

mais qu'une seule litanie poétique

dont je suis l'officiant

non

au fond le poème ne prouve rien

il rassure il console il égaye

et son murmure ne pèse pas plus

que l'ombre sur le dos d'une feuille

écrire

sans en avoir le souci

poète

non pas de métier

mais d'espérance

poème

non pas d'audace frivole

mais d'acuité apaisante

quand je raconte à l'adulte

l'histoire d'un babil à l'abri d'un mot clair

la douceur d'une joue arrondit ma voix

s'identifie au langage

dénoue le récit de cet étonnement

délivre les jeux légers

qui relient l'homme à l'enfant

j'ai mis des poèmes dans un livre

je les ai affranchis de leur certitude

j'ai mis le livre dans une boîte aux lettres

pour affronter ensemble

à l'ouverture des mots

le tournoiement de cette lecture

tout autour de nous

du sens où l'on va

L'HARMATTAN, ITALIA
Via Degli Artisti 15; 10124 Torino

L'HARMATTAN HONGRIE
Könyvesbolt ; Kossuth L. u. 14-16
1053 Budapest

L'HARMATTAN BURKINA FASO
Rue 15.167 Route du Pô Patte d'oie
12 BP 226 Ouagadougou 12
(00226) 76 59 79 86

ESPACE L'HARMATTAN KINSHASA
Faculté des Sciences sociales,
politiques et administratives
BP243, KIN XI
Université de Kinshasa

L'HARMATTAN CONGO
67, av. E. P. Lumumba
Bât. – Congo Pharmacie (Bib. Nat.)
BP2874 Brazzaville
harmattan.congo@yahoo.fr

L'HARMATTAN GUINEE
Almamya Rue KA 028, en face du restaurant Le Cèdre
OKB agency BP 3470 Conakry
(00224) 60 20 85 08
harmattanguinee@yahoo.fr

L'HARMATTAN CÔTE D'IVOIRE
M. Etien N'dah Ahmon
Résidence Karl / cité des arts
Abidjan-Cocody 03 BP 1588 Abidjan 03
(00225) 05 77 87 31

L'HARMATTAN MAURITANIE
Espace El Kettab du livre francophone
N° 472 avenue du Palais des Congrès
BP 316 Nouakchott
(00222) 63 25 980

L'HARMATTAN CAMEROUN
BP 11486
Face à la SNI, immeuble Don Bosco
Yaoundé
(00237) 99 76 61 66
harmattancam@yahoo.fr

L'HARMATTAN SENEGAL
« Villa Rose », rue de Diourbel X G, Point E
BP 45034 Dakar FANN
(00221) 33 825 98 58 / 77 242 25 08
senharmattan@gmail.com

Achevé d'imprimer par Corlet Numérique - 14110 Condé-sur-Noireau
N° d'Imprimeur: 87084 - Dépôt légal: avril 2012 - *Imprimé en France*